詩集

蛍

Hotaru

太田康成
Yasunali Ota

井上出版企画

詩集　蛍

目次

第一章　蛍

第二章　初冬

第一章　蛍

冬物語

もう二十年になるのか
井の頭公園の
七百本の桜吹雪の下を
息子と歩き
池でボートを漕いだ
あの春の日の一日

きょう冬枯れの木々の下
良き友とベンチに座り
出会いという不思議に

言葉少なく、胸だけが切なく

やがて
寒さが二人を
カラオケルームに追いやり
二人はマイクを握った
曲が流れ、部屋の空気がゆれ
ある歌は思い出に捧げられ
ある歌はその場を満たして消えた

今をつかむのに何もいらない二人は
グラスに写った、時の核心という蜜をなめ
たがいに笑った
それは友情以上であり

思い出以上であり
二つの生が　しばし
この地上にて交差したことを
互いに告げるのであった
二人以外　それを知る者もなく
その二人も　やがて
あの歌のように消えてゆく
としても——

曲が流れ、部屋の空気がゆれ
ある歌は思い出に捧げられ
ある歌はその場を満たして消えた
あの冬の日の一日

ネオ

一匹のネズミの死骸といえども、素手に抱き取り
土に葬らねばならない

わたしのネコが捕え遊びそして残したちっぽけなネズミ
まだ体は温かく　柔らかな内蔵のふくらみ
右の耳が半分ちぎれて

庭に出よう、いや公園の方がいい
樹の根元にシャベルで丁寧に小さな穴をほり
彼を静かに埋葬する。

神なきわれら
祈りにかえ
お前に名前を与える——例えば「ネオ」と

その作業を終えた後
手を洗うだろうが、本当は指を少しなめるのがいい
土と塩としばし生命であった者の語り得ぬ味わい
消えない中世のペストの昔話も　それで消える

ネオ
その生涯にわたしの一食分のコクモツすら食べなかったお前
大地の使者たちに身を委ね
静かに眠れよ　ネオ

風が吹き　霧がたち　日が昇り　夜が降りる――

ある晴れた日の朝
一塊《いっかい》の樹液が　一本のイチョウの幹をかけのぼる

揺りかご

顎の下までヒゲを剃るの？——なぜか好き
フィズの氷を骨のようにかみ砕く——とても好き
右の耳たぶから愛してくれる——それが好き、噛み切られてもいい
時に大きな声で怒るあなた——ほんとは好き
今朝はジャムの瓶のフタを開けてくれた——いつも好き

二人で買い物——手をつないで
献立
チャイニーズ・スープと五目ちらし
「残しちゃだめよ

いっぱい食べないと元気でないでしょ」

食器洗って片付けて
思わず割ったワイングラス
鮮血一滴　わたしの小指
指をすするあなた――

部屋の整理
わたしだけのあなた
花束が届く――忘れた
ふりをしてた――my birthday

あとは分からない
全身をおそうあらし

あなたの両腕、海よりもいとしい揺りかご
歌をおもいだしたカナリアの様に
こぼれでる声
あなただけが聞く
わたしのなかのふかい海の潮騒
いくどもあなたに打ち返す

あなたの両腕
海よりもいとしい　揺りかご
あなただけが聞く
わたしのなかのふかい海の潮騒
いくどもあなたに
打ち返す

鈴蘭

旅人の吹く銀の笛　その音《ね》にゆれる鈴蘭
舟人《ふなびと》が漕ぐ櫂《かい》の飛沫《しぶき》を浴び　花開く山百合
狩人《かりうど》の正確な照準に捕らえられた　真紅の薔薇
異郷よりの吟遊詩人の愛の歌に涙する　野生の蘭

巡りゆく時よ　沈みゆく夕陽
散りゆく花よ　吹きやまぬ風
よしわたしの記憶が永らえるにしろ
お前も語れ　流れゆく雲よ

あの日咲き初《そ》めた薄紫の蘭
あなたが大地に戻る時
だれかがそっと　鈴をそえる
蘭、蘭、鈴蘭

蛍

虫かごに入れた　蛍の淡い光が
夕暮れの残り日より　明るくなる頃
わたしたちは　出会った
前触れもなく
約束もなく
その愛が続く　証《あかし》もなく
逢うたびに
別れの予感に
胸が　締めつけられて

けれど　もし
もし　この愛が　成就するなら
郊外に小さな家を借り
朝一緒に　吊り革にぶら下がり
夕方互いに　平凡な会話を交わすだろう
それならいっそ
荒野に丸太小屋を建て
兎の肉を食べ　イチジクを植え
渓流の流水を飲み
夜には　星座の数を数えるだろう
そうして
やがて　子供たちが産まれ
皆で猪を仕留め
深い井戸を掘り

大きな樫の樹を　切り倒すだろう

そんな事が　頭に浮かんだ
なすこともなく　一日を終えた
晩秋の夕暮れの　帰り道
鳶《とび》が高く空を飛び
やがて訪れる　冬の前触れのように
かって家族と見上げた
イチョウの樹の枝が
最初の枯葉を　舗道に落とす

揚げヒバリ

春の野の　揚げヒバリ
さながらに
わが魂よ
空に向かいて
自らを　高く解放せよ

父と子と聖霊らに別れし世に
誰が誰を仰ぐのか
より高みに登りし者に
あるいは

より深みに達した者に
われらの憧れは集まる

何を残せしや
汝らが　人生
やがて平均寿命の上か下かに
無言の死が訪れ
死さえも虚無に連れ去られて
この世のものでなく
この世自体が
失われる　この宿命

それを見たまいし者の
あるかなきかに

この世を賭けるのか
おろかなる魂よ

春の野の　揚げヒバリ
さながらに
わが魂よ
空に向かいて
自らを　高く解放せよ

海をゆく　陸をゆく
またあらゆる道ゆく
年などは　問わない
すべての　冒険者たちよ

2月

冬枯れの並木を
一人さまよう
足下にはふみしめる
落ち葉もなく

動いてゆく　わたしの
小さな　影が
明日へのかすかな
予感にふるえる——

すると　突然
梢に　風
春をふくんだ？

いやいや　深く、深く
冬は　なお　深く
わたしの胸　深く

名前

なまえ　なまえ
また　ひとつの

まさと
みゆき
けいた
はるか

ささやき
夜のくちぶえ

月の魔法
大いなる樹木

たかし
まゆみ
ゆうと
また　ひとり

なまえ　なまえ
その国の
夢と　憧れと
愛と　再生の
結晶であり　吐息であり
生きゆく意味である

なまえ　なまえ

また　ひとつ
よびかけであり
祝福であり
共に生きる喜びである
なまえ　なまえ

反歌

なまえ

きみにたどり着くための
みじかい最初の呪文

まい落ちる秋

年ごとに
はまゆうの花が咲くだけで
ぼくらの生きるよろこびが
一つ　ふえる
（その種を蒔いた遠い日）

四半世紀を一つ過ぎた
ほんのきのうの
朝　あるいは　夕べ
愛と希望のもとに

生まれおちた
一粒の花の種が
きょう大輪となって
咲き誇る

今
ぼくらが生きる
同じ街角を
大人になったきみが歩く
あるいはほほ笑み
あるいは恋する

そして
誰も知らなかった

不思議な魅力にみちた
言葉で
ぼくらの知らなかった
新しい　話しを物語る

ぼくらの生きる
同じ時代に
舞い落ちる
一つの　香《かぐわ》しい
秋風のように

for 26th. birthday of F.Mai

今宵

夜の帳が降りるころ
現れた彼女は
今夜も艶やかに美しい
ファッションもメークも完璧で
チャンス[*1]の香りも手伝って
わたしをうっとりとさせる

彼女を見つめ
話をすることに夢中で
次々と運ばれてくる

料理の味が分からない
彼女も軽いはずのカクテルに
頬を軽く染め
まるでわたしに　愛の告白を促しているよう

店にはナベサダ[*2]のサックスが流れ
窓の外は見事な半月
二人はいつか、時間を忘れ
今どこにいるのかも忘れそう

このままきみを誘い
どこか遠くの地まで飛んでゆこうか
きみが望むなら
太平洋の南のかなたでもいいし

いっそあの月の裏側でもいい

軽いはずのカクテルに
二人は頬を染め
二人はいつか、時間を忘れ
今どこにいるのかも忘れそう
そう、今ここそが
二人だけの天国
軽く頬を染め、ほほ笑むきみがいて
外には半月
ナベサダのサックスが流れる
今宵

＊1　チャンス＝シャネル社製の香水。人生の喜びを約束する香り、とされている。

＊2　ナベサダ＝本名、渡辺貞夫。日本のミュージシャン、作曲家。1933年（昭和8年）生まれ。そのサックス演奏は甘く秀逸である。

死を告げる鐘の音

私たちは、午前中の仕事を終え
外に出て、昼食をとり
仲間と談笑し、慣れた足取りで
また午後の仕事にもどってゆくが
私たちは、偶然にすぎず
寄せ集められた、ただの破片にすぎず
日常であり　不安であり
積み重ねられた書類の山も
私たちを死から守ってはくれない
8月の炎天下のもと

致命的な発作に襲われ
死後、儀礼的な葬儀が営まれ
しばらくの間、私たちのことが
生き残った者たちの話題に上り
その頻度が減り
墓石に刻まれた
私たちの名前だけが
風雨と永遠に会話する
私たちがやり残した仕事は
25才も若い者たちが
何の困難もなく引き継いでいき
家族たちは、２週間
私たちの死を悲しみ
やがて、生命保険会社からの振り込み通知が届く

あなたがこれまで何をなしたにせよ
いつか頭は禿落ち
突然妻と話すことがないことに気付き
同じような仲間と冬のゴルフコースを彷徨い
夜には本を読み
冬には南を旅し
癌と高血圧に犯され
たった一人で
やがて骨灰となって
何を味わったかも思い出せない
この世の誰も知らない片隅に
永遠ですらなく葬られる

母死にたまいし

母　死にたまいし
静かなる
若き日を過ごした　家と家具
寂しげな　父の背中と
思わず流した　涙

遺骨係が差し出す
白い　骨壺
余ったいくらもない骨を捨て去る
彼らの　白い事務的な手袋

墓前

不死を錯覚している
わたしが抱く　美しき日の母の遺影
父の手により清められた　墓石
それ　水なき井戸に似て
われらに何物も与えず
あらゆる例えを拒む
ただ一陣の　虚無

ああ　われら生意気な本を読み
ただの経験にすぎないものを
知識と称し
誰かに

産み育てられたことすら忘れ
日々の務めと挨拶とに追われ
これ　われらすべての
ついの姿なることすら忘れ
ただ儀礼的なる黙祷を行うのみ

さにあれど
われら　ここに再び
母に　別れを告げ
ただ　円熟したとのみ言える歩みにて
明日からも
その宿命の道を
再び　故知らず歩まん

平成18年1月30日　母死去

第二章

初冬

春風

手紙でもない　電報でもない
ＦＡＸでもない　e-mail でもない
このできたばかりの詩を
紙飛行機にしてきみのもとに届けたい

でもやっぱり　春風は　きままで
とてもあてにはできないから
今こうしてわたしは小走りで
きみの街へと走る　郊外電車に乗りこむ

汗

またアブラゼミが鳴き
カモメが高く　飛んだ
人生の一番　暑い夏

初めて触れたきみの胸
海からの記憶
からかった最初のタバコ――

汗のむこうに見えた
不思議な形の　白い雲

初冬

きょう　鈍色《にびいろ》の空
氷雨《ひさめ》　降り
木々の残された　枯葉をたたき
秋色《しゅうしょく》に　とどめを刺し
空に　数羽のカラスを飛ばし
一振りの　ムチのように
冬が　くる

第四間氷期の夜明け

僕が注ぎこんだ
そんなにも熱いしたたりに
君の奥深いかたまりは
春を迎えるアラスカの氷の様に溶け
僕らは翌朝
荒野に最初の火を創った

ホルン

きみの愛は眠っている
心の奥深く

呼び覚ませ
シンバルを鳴らせ
ホルンを響かせよ
白日の元にさらけ出せ
外へ　外へ
愛を　外へ
遠い遠い　丘のかなたまで

街路灯

今夜は深く心が満ちている
Dear my life
生を含め　死を含め
心が頷く　すべてよしと

まるで永遠を待ち続ける
はるか遠い　街路灯
あの光こそ　現在
時の核心の　甘い蜜

皐月

愛はツバメの　翼にのって
皐月のわたしを　訪れた
わたしは緑の　風となって
あなたのすべてを包みこみ
あなたに愛の告白を促した
わたしはただ小さく
込み上げる嬉しさを隠して頷き
二人は仰向けに空を見上げ
やがて二人は　若葉より
みずみずしく深いキスをした

第三章　旅券

月の雫

とある男は言う
「譲るものか、快楽と生殖のこの中枢、その直立する思想、突発する衝動よ」
又ある女は言う
「この奥深い洞窟の中にあなたを引きずり込み、あなたを繭玉にしあげる」と

けれど　月の雫《しずく》はキラリと言う
人生で一番楽しいのはデート
雨の夜も　晴れた日も
十五の春も　五十の秋も
背伸びをしたり　青春にかえったり

映画をみたり　食事をしたり
動物園の熊をあかずにながめたり
美術館、水族館、プラネタリウム
手をつないで歩く　長く続く並木道
沈黙がここちよい　夕暮れの帰り道

みちてくる黄昏《たそがれ》　おちてゆく夕陽
いくつもの記憶に重なる一面の夕焼け
——太陽のしたで交わした　二人の豊かな笑い

幾千もの愛　その末裔《まつえい》たるわれら
やがて夜
誰もがつまずく暗い夜の淵
夜の闇　その闇より深い孤独

――太陽のしたで交わした　二人の豊かな笑い

窓をゆする雨、あるいは雪、あるいは風、あるいは鼠
またあるいは吐息
進まない本のページ　進まない手作業

ほら　窓を開けてごらん
窓の外　ずっとさっきから見守っていた
大きな月　その雫

大鷹

女たちは　愛という幻を
湖の底から　汲みあげ
わたしたちを　溺れさせようとする
その技《わざ》はどんな手品師
よりも巧みであり
地球の繁栄の摂理にも適《かな》っている
ほとんどの男は
目をつぶり
湖それ自体に飛びこむ

わたしはその愚行に背《そむ》き
大鷹《おおたか》となり
海原と大空とを恋し
時にその美しい湖の上を飛翔する
けれども
わたしは知っている
その飛翔は永遠には続かず
わたしの翼が
空しく空《くう》をきる時
わたしは故郷に舞い戻り
湖の中心に
錐揉《きりも》みしながら　落ちてゆく

旅券

荷物もなく
ただ一通の
旅券だけを携え
きみの国へと
旅立つ

出来上ったばかりの
一冊の詩集が
内ポケットにあり
きみの街へと

四駆をむち打つ
遥かなる遠い道程

本当に
わたしの詩に
あまたの読者はいらない
ただきみだけが
それを読み
頷きあるいはほほ笑めばいい

きみとはきみのこと
愛とはきみとのこと
悲しみとはきみを失うこと
悦びとはきみにたどり着くこと

いっそこの旅券を焼き捨て
この国で永遠に暮らそうか
そんなことをふと思う——

夕暮れ
きみは夕餉《ゆうげ》の卓を整え
わたしはまた一片の詩を紡ぐ

木枯らし

木枯らし吹く今日
ぼくはきみの冷えた頬を両手で包み
きみはぼくのコートに顔を沈めた
それが二人の今夜の始まりだった

にぎわう街角を二人だけで歩き
信号もホテルも道行く人々も
二人には風景にすぎなかった

しばらく前まで　あの辺りは

ビール会社の工場だった
エンジニア時代
大麦の計量器の件で
その工場に来たことがある
随分昔のことのように思うけれど

しばらくすると
ぼくら二人のために
作られたような
小さく静かな公園があった
ブランコも水飲み場もなく
電灯すら灯らない公園
二人はベンチに座り
長く深いキスをした

それは二人の胸に熟した
簡素で静かな婚約だった

さあ、今日はここまでにして
コートの襟を立て　駅まで歩き
明日のために　さよならをしようか

ジャムトースト

きみは「踊りましょう」
の一言　よりも軽やかに
ソファに腰掛け
ジャムトーストを食べる

ぼくも見事にシガーを吸うが
ぼくも食べたいそのジャムトーストを
テーブルにこぼれたクズをネコのように
口から引きずりだしてその固まりを
唾液があふれ喉にからまる

きみと同じ物を食べたい
きみを見つめながら食べたい
それは愛以上の愛であり
欲望以上の欲望である

もしできるなら
きみをダンスに誘い
バルコニーに出て
三日月を一緒に見ていたい
甘い言葉をささやいて
きみの核心に届きたい

そうして

二人で夜を過ごし
朝にジャムトーストを
一緒に食べたい
そうジャムトーストを
二人で
どんなにおいしいだろう
そのジャムトースト

告白鳥

それが好き
秋に着る
両肩が風にゆれる
シャツが好き

それが好き
バスケットで
シュートを決めた時の
飛び散る汗が好き

とても好き
考え事をしているみたいな
図書館での横顔が
とても好き

とても好き
友達と話をしている時の
大きく低く甘い声が好き

でもこれは
みんな遠くから
あなたを見ての感慨《おもい》
16のわたしに
とても告白なんてできない

もう少し、もう少し
わたしに勇気が満ちるまで
告白鳥に心が変わるまで

あんなに　あんなに
遠くを見る様な
視線がとても素敵
（わたしをみて）

賛歌

ついに巡って来た　春に
彼女の顔に　再び笑顔がよみがえった
もう今では誰にも分からない
どんなに苦しい冬を　彼女が耐えたのか
それは永遠に続くかと思えた　長く凍りつく冬だった
彼女は桜の幹のように耐え
死を思いとどまった　孤独者のように耐えた
誰にも分かるまい
どんなに多くの物を　冬が彼女から奪い去ったのかを

けれど今日　この季節の風に吹かれ
彼女は再びよみがえったのだ
苦しんだあの冬の日々が　夢だったかのように

長い冬を耐えぬいた　すべての者たちよ
あなた方は今日　春の陽射しの元
どんなに歓喜の表情で　街中を走り抜けても構わない
山を駈け巡り　野を飛び跳ねても
それは来た春への　祝福であり
冬を生き抜いた　自らへの賛歌なのだ

紫陽花

皐月の最後の週
はや紫陽花《あじさい》が
雨に濡れる
準備をしている

きみらが十分に花開くと
この地に梅雨がやってくる
それは春でもなく夏でもなく
ましてや秋でも冬でもない
いわば第五の季節

雨を呼び　雨を称え
雨に濡れ　雨と戯れ
霧雨に素肌輝く
紫陽花の群れ

またきみを愛《め》でるために
また今年も　梅雨が訪れる

片道飛行

彼女はこの街でのすべてと別れるように
羽田発の始発便で
磁気感知器の壊れた　ツバメのように
もうこの地には戻らない　片道飛行で
かの地へと飛び去っていった
わたしは眠い目をこすり
デッキにただ一人たたずみ
手を振ることもなく
その飛行機の離陸を見送った

何一つ変わらなかった
この街から女一人が去った　だけだ
わたしはこれまでと同じように
街の目覚めと共に目覚め
地下鉄に乗り　同じ職場に通い
昼休みには将棋をし
夜にはたいがい本を読み
ツイッターにふける者たちを心の底から蔑み
金曜の夜には仲間たちと麻雀をし
土曜日にはバドミントンをし
日曜日は洗濯と掃除と散歩と詩作で暮れてゆき
来る冬に南へ旅する計画を立てていた

何一つ変わらなかった――はずだった

この街から女一人が去った　だけだ
しかし愛し　いまだ愛している一人の女が　この街から去ったのだ
わたしの心を晒《さら》すと
彼女の去ったこの街は　干上がったオアシスのように空疎であり
わたしはすべての水を瘤《こぶ》から失った　ラクダのように孤独だった
彼女のすべての記録を消去しあるいは焼却しても
思い出の中の彼女を消し去るすべはなかった
こうしてその秋　わたしは
人生二度目の　深い失恋を味わったのだった

青き人魚

銀色の狼
地上を疾駆する
その白き牙にて
行く手を阻むものを
すべてかみ砕く

青き人魚
大海を夢のごとく漂う
船乗りたちの羨望を
ただ遠くから浴びて

狼と人魚
その両者この世にて
出会う事は
終《つい》になきこと

草原と風と
大海と月とを
それぞれ友にして
互いを知らず
この世を生きて
ただ一度
遠い視線を交わし
終にはともに死にゆく

ただ一度遠い視線を交わし
草原に風が吹き抜け
大海を風が鳴り渡る

墓標

最後の迫撃戦が行われた
緑なす草原
今そこは
共同墓地となり
敵も味方も眠っているが
真夜中、墓地は真の孤独の姿を
月光のもとにさらけ出す
暗闇に死者の名は判読されず
献ぜられた花々は枯れ初め
土の中にはただコオロギと白骨

行き場を失った
亡霊だけが
訪れた生者の周りを彷徨う

かつて最も勇敢であった
歴戦の勇士よ
また、最後の砲弾で
倒れた兵士らよ
きみらは
本当はどこに去ったのか
墓地の底深く葬られた
あまたの骨は
きみらではない
きみらはそこにはいない

ただ生者の祈りのために
墓地はそこに作られた

きみらは
生き残ったわたしたちの
記憶の岸辺で拾われるのだ
だがそのわたしたちも
やがて生を終える
その時誰が
きみらを支えるのか
草原に墓標が
雨に打たれ立ち尽くす

あとがき

これまで、余りにも多くの、日々の雑感などを息継ぎなどで行分けしただけの散文が、「詩」として流通している。実際は、それらは極々短い私小説にいたらない私小説であり、エッセイの味わいを出せないエッセイであり、風景の描写に乏しい紀行文であり、あるいは出来の悪い長すぎる政治的スローガンに過ぎなかった。数少なくない意ある詩人たちが、心の中で抱いている感慨はそれである。しかし、ここではこれ以上この点につき語るのは避けよう。確かに各詩人は、自らの理由に基づき詩作を行うのだ。そしてこれとは別に難解詩の問題がある。それが読者を遠ざけている事は事実であるが、文芸的価値の創出と言う側面もあり、この事は別な所で検討しよう。

ところで詩とは、歌詞が曲を得、歌手を得て一つの世界を作りだすのに対し、言葉の集合体それだけで、自立した世界を構築する必要がある。また明らかに、小説などとは全く異なる文芸である。詩においては、言葉たちの意味だけでは不十分なのだ。比喩や韻などを使用した、内的リズムの発生を実現する必要がある。広い意味での韻は脚韻に限られず、文頭でも文中でも意識的に採用するべきである。短歌や俳句などにおいて見られるように、文にリズムを与えると、作品に音楽性や映像美などが発生する。詩ではこれを定型に頼らず、語調などを整えて実現する事が求められるのである。また作品に物語性を与えるのも、一つの有効な方法論である。

以上述べた事柄が、このささやかな詩集において、少しでも実現されている事を望みたい。それはひいては、詩を一般読者に開放し、「詩の読者は詩人である」という閉じられた円環からの脱出の試みなのである。

最後に、この詩集の発行の機会を与えて下さった、井上出版企画の井上優代表、丁寧な校正をしていただいた井上真由美さん、また表現美溢れた装丁を行って下さった亜久津歩さんに心から感謝したい。

二〇一六年（平成二十八年）師走

太田康成

〈著者略歴〉
太田　康成（おおた　やすなり）
現住所　〒156-0043　東京都世田谷区松原 1-34-19-302
E-mail yohta282@icloud.com

2014 年　詩集　『山の手ループ（内回り）』（土曜美術社出版販売）
2015 年　詩集　『北と南　North&South』（土曜美術社出版販売）

下記 URL または QR コードより、
『蛍』のイメージ朗読映像がご覧いただけます。

https://youtu.be/wbAUE7pRFrw

詩集　蛍
著者　太田康成
発行者　井上　雄
発行日　二〇一六年十二月二十四日
定価　一五〇〇円（税別）
発行所　株式会社　井上出版企画
所在地　〒三七九・一三一一
群馬県利根郡みなかみ町一九八・一〇・二一・三二二
電話・FAX　〇二七八・二五・八三六七
郵便振替口座　〇〇一三〇・二・二九二三一三
印刷・製本　銀河書籍
ブックデザイン　亜久津歩
ISBN　978-4-908907-01-2　C0092　¥1500E